NATHAN

DER ZUGEFRORENE FLUß
OLIVIER FÖLLMI

Den Dämonen des Flusses, die uns durchließen...

Zanskar ist ein von der Geschichte verges-
senes, aber den Göttern wohlbekanntes,
ehemaliges Königreich: Es wird auch Cho
Yul genannt, das Land der Religion. Die
drei Täler von Zanskar, die in 3 500 Metern
Höhe hinter dem Großen Himalaya im indischen Staat
Jammu & Kaschmir liegen, sind nur schwer erreichbar.
Eine mehr oder weniger befahrbare Piste über den
4 200 Meter hohen Pensi-Paß verbindet die ersten Dörfer von Zanskar mit der kurvenreichen Bergstraße, die
zu den 480 Kilometer entfernten Städten Srinagar oder
Leh führt. Aber durch den Schnee und die Lawinen ist
Zanskar mehr als acht Monate im Jahr von der Außenwelt
abgeschnitten.
Die zehntausend Einwohner von Zanskar haben knapp
drei Sommermonate, um ihre Gerste- und Futtervorräte
anzulegen. Der Winter ist endlos. Die Temperatur sinkt
auf dreißig Grad minus, und die Familien ziehen sich
in einen Raum in der Mitte ihres Lehmhauses zurück.
Holz zum Heizen gibt es nicht, und die Innentemperatur
beträgt kaum zwei Grad. Der Schnee blockiert alle Wege,
und an ein Verlassen des Dorfes ist nicht zu denken.
Wenn der Winter am strengsten ist, gibt es jedoch für
die Unerschrockensten einen Zugang nach Ladakh durch
eine enge Schlucht: den Fluß. Im Januar frieren seine
Ränder fest, und das Eis trägt das Gewicht eines Menschen. Dann heißt der Zanskar- Fluß Tchadar: zugefro-
rener Fluß. Ende Februar bricht das Eis, der Tchadar
birst, und das Land ist beinahe bis zum Sommer wieder
durch den Schnee abgeschnitten.

Der 150 Kilometer lange Tchadar bahnt sich einen
gewundenen Weg durch ein Gewirr von Bergen bis zum
Indus. Der Astrologe bestimmt den günstigsten Zeit-
punkt für den Aufbruch in die Schluchten, aber niemand kann voraussagen, wie die Reise vonstatten gehen
wird. Das Eis ist sehr wechselhaft und kann jederzeit
brechen. Wenn man am Fluß nicht mehr vorankommt,
müssen die Reisenden die Felswände hochklettern oder
tagelang an einem schmalen Ufer ausharren, bis sich
neue Eisschollen bilden; wenn sie sich überhaupt bilden... Die Reise dauert acht, manchmal vierzehn Tage.
Man kann auch nie mehr zurückkommen: Alles hängt
von der Stimmung der Dämonen ab.

In dieser Welt abseits der Welt habe ich vor mehr
als zehn Jahren Lobsang und Dolma, ein junges
Bauernehepaar, kennengelernt. Wir waren etwa
gleich alt. Es gibt Freundschaften, die sich nicht
erklären lassen: Wir waren immer glücklich
gewesen zusammen. Lobsang dachte, auf dem Mond
gäbe es ein Kaninchen und jedermann tränke gesalzenen
Tee mit Butter. Nur wenige Leute in Zanskar hatten ihr
Dorf bereits einmal verlassen, und ich hatte manche mit
der Qualität meiner Schuhe beeindruckt: „Du nähst gut",
hatte man mir gesagt.
Ich konnte nur schwer erklären, daß Maschinen meine
Schuhe anfertigten und ich weder ein Yak noch ein
Gerstenfeld besaß. Niemand verstand, wie ich überhaupt leben konnte.

Lobsang und Dolma, seit fünf Jahren verheiratet, pack-
ten das Leben mutig an, bestellten ihre drei Felder neben
ihrem Haus in Tahan und hüteten ihre Ziegenherde so
gut sie konnten: Auf der Hochweide entscheiden oft die
Schneeleoparden über das Schicksal der Herden. Damals
hatten Lobsang und Dolma zwei Kinder: Tenzin Motup,
der Junge, war fast drei, und Tenzin Diskit war soeben
zur Welt gekommen. Die Familie lebt in 3 600 Metern
Höhe in einem kleinen entlegenen Haus mit Gebetsfah-
nen an den Rändern des Flachdachs, im fernsten Winkel
eines kleinen Tals über der Hochebene gegenüber der
Himalayakette. Von Tahan dringt nur der Wind in den
Gräsern und mitunter der Gesang eines Kindes hinter
seiner Ziegenherde bis zu ihnen.

Als ich Lobsang kennenlernte, suchte ich einen Zanskari, der mir helfen könnte, einen mir unbekannten Paß
in 5 100 Metern Höhe zu überqueren, den Shingu, und
mich mit seinem Pferd bis nach Lahaul begleiten sollte.
In seinem ganzen Leben war Lobsang noch nie so weit
gegangen; auch sein Pferd nicht. Er war durchaus bereit,
mit mir bis zum Paß zu gehen, wollte aber nicht tiefer
hinabsteigen. In ein fremdes Tal aufzubrechen, machte
ihm Angst. Wir sind also etwa zehn Tage auf den Stein-
pfaden auf den Paß zugewandert. Unsere Abende ver-
brachten wir unter freiem Sternenhimmel an einem

kleinen Feuer und sahen zu, wie der Mond aufging. Zwischen zwei Schalen Tee sprachen wir über unser Leben:

„Wie ist dein Haus?"

„Was machst du im Winter zu Hause?"

Wir waren neugierig aufeinander.

Auf der Paßhöhe, wo im Wind die Gebete aufsteigen, beschloß Lobsang, dennoch mit mir auf der anderen Seite hinunterzusteigen, um die Welt hinter den Bergen zu entdecken. Die Reise war jedoch verhängnisvoll für das Pferd. Lahaul ist viel grüner als Zanskar, und das Pferd, das noch nie so üppiges Gras gesehen hatte, fraß sich damit voll und starb. Eine Katastrophe für Lobsang: Er verlor sein einziges Reittier, sein Vermögen und damit die Hoffnung, seinen Hausstand zu vergrößern. Der Verlust ging ihm so nahe, daß er weinte, wie ich noch nie einen Menschen weinen gehört habe. Ich war erschüttert. Einige Tage darauf konnte ich ihm ein Pferd schenken. Diese Freundschaftsgeste verband uns, glaube ich, auf Lebenszeit.

Als der nächste Winter einbrach, kehrte ich zu Fuß über die Jumlam-Pässe nach Zanskar zurück und fand Lobsang wieder. Zanskar schnitt sich unter seinem Schneemantel mehr und mehr von der Welt ab, und ich hielt mich im Kloster Phuktal unter den Mönchen auf. Ich hoffte, Zanskar am Ende des Winters mit einer der letzten Karawanen über den zugefrorenen Fluß zu verlassen.

„Niemand bricht mehr nach Ladak auf", versicherte mir Lobsang und schenkte mir ein wenig Tchang, Gerstenbier, in meine hölzerne Schale. „Brich nicht über den Tchadar auf, es ist zu gefährlich. Bleib bis zum Sommer hier."

„Nein, ich kann nicht so lang warten. Wenn ich niemanden finde, der mit mir aufbricht, gehe ich morgen allein."

Dolma, seine Frau, befand sich neben uns im Halbschatten des Raums. Sie spann schweigend ihre Wolle und hörte zu.

„Du kannst nicht allein aufbrechen, Olivier," sagte sie, „wie werden wir wissen, ob du lebend angekommen bist. Wir können nicht bis zum Sommer auf Nachricht von dir warten. Lobsang wird dich begleiten."

Das war ein Befehl und eine Bitte: Ich konnte mich nur fügen.

Wir haben Sonam Wangchuk, den Astrologen, befragt, damit er den geeigneten Tag für unseren Aufbruch bestimmt. Wir haben einen Mönch des Klosters Karcha ein Gebet sprechen lassen, damit die Götter uns begleiten. Dolma hat uns drei Schalen Tchang als gutes Vorzeichen eingeschenkt. Dann hat sie uns weinend eine

Katak, einen Schal aus weißem Tüll, um die Schultern gelegt, um uns zu ehren. Und Lobsang und ich sind zum zugefrorenen Fluß aufgebrochen. Weder er noch ich hatten ihn bereits beschritten. Wir hatten beide Angst. Der Abstieg war höllisch. Das Eis brach überall. Wir mußten mitten in der Nacht aufstehen, um möglichst schnell voranzukommen, und dabei bei jedem Schritt den Fluß vorsichtig auf seine Festigkeit abtasten. Lobsang dachte, er würde Dolma nie wieder sehen, ich meinte verrückt zu werden. Nach Tagen und Nächten der Angst sind wir wie zwei Hampelmänner aus dem Tchadar herausgestakt, aber wir waren Brüder geworden.

In den vier Jahren nach unserem gefährlichen Unterfangen auf dem Eis haben Lobsang, Norboo Pfurba und ich Zanskar kreuz und quer durchstreift, um im Sommer Reisegruppen zu begleiten. Ang Norboo und Ang Pfurbar sind Sherpas und, wie Lobsang, von tibetischer Kultur. Ihr Dorf liegt am Fuß des Mount Everest in Nepal. In Zanskar reisen wir immer gemeinsam.

Eines Tages haben wir beschlossen, Lobsang in die indische Ebene mitzunehmen. Für Lobsang war dies das andere Ende der Welt. Diese Reise war eine große Umwälzung. Wie Kinder, die über alles staunen, streiften wir mit ihm durch den Basar von Chandigarh und hielten ihn bei der Hand aus Angst, er könne sich verlaufen. Der verblüffte Lobsang entdeckte die Welt aus einer neuen Sicht. Im Lastwagen, der uns nach Zanskar zurückbrachte, war er in Gedanken versunken und verändert.

„Weißt du", sagte er zu mir, „mir wird klar, wie weltabgelegen Zanskar ist. Nie hätte ich mir auch nur träumen lassen, was ich in den letzten Tagen gesehen habe. Ich bin zu alt, um mich umzustellen, aber mein Sohn soll lernen können, was ich nicht weiß. Ich werde versuchen, ihn an der Schule einzuschreiben."

Da wendete ich mich zu meinem Freund um:

„Lobsang, laß mich nur machen, ich werde eine gute Schule für Motup finden."

Ein sehr großes Abenteuer begann.

MOTUP BRICHT AUF

Damals gab es nur wenige Schulen in Zanskar. Eine Handvoll Lehrer aus Kaschmir sahen es als eine Strafe an, in diese Berge versetzt worden zu sein, und die Eltern schickten ihre Kinder nur dann in die Schule, wenn sie sie auf den Feldern nicht benötigten. Für eine gute Ausbildung mußte Motup mit acht

Jahren außer Landes, nach Ladakh gehen. Die Sprache ist dort die gleiche wie in Zanskar, auch die Kultur, und das Klima ist gesünder. Leh ist zwar keine große Stadt, erlaubte aber Motup, ein weiteres Steinchen im Mosaik der Welt zu entdecken.

Bei Einbruch des Herbstes, noch vor den ersten Schneefällen, ist Lobsang also zu Fuß mit seinem Sohn über die Jumlan-Pässe für eine achttägige Reise aufgebrochen. Motup hatte eine kleine, von seinem Großvater gewebte Tasche um die Schulter gehängt mit einem Gebetbuch und mit einem Büschel Pferdehaar des Pferdes, das er sehr mochte. Lobsang trug die gemeinsame Decke, einen Sack Gerstenmehl, eine Handvoll Tee und ein Stück Butter. Am Tag der Abreise hat Dolma, die Mutter, viele Tränen der Trauer und des Glücks vergossen. Ihr Sohn brach mit acht Jahren in die Schule auf...

Danielle und ich übernahmen die Kosten für die Ausbildung und das Internat in der Lamdon Model School in Leh, einer für Ladakh ausgezeichneten Schule. Sehr rasch begeistert sich Motup für das Studium und liebt seine Schule heiß: Er ist regelmäßig Klassenbester. Schon im ersten Schuljahr lernt er drei Sprachen und drei Schriften: Englisch, Hindi, Tibetisch und dazu Zanskari, seine Muttersprache. Sein Lieblingssport ist Cricket. Manchmal spielt er auf dem Polofeld oberhalb des Basars. Motup bleibt drei Jahre in Leh, ohne seine Familie zu sehen. Während der großen Winterferien konnte er sich nicht auf den Fluß wagen, um nach Zanskar zu gelangen, das durch den Schnee von der Außenwelt abgeschnitten ist.

Mit elf Jahren träumt Motup davon, seine Angehörigen und Tahan wiederzusehen. Während des Sommers beschließen wir, sein Vater, Danielle und ich, im nächsten Winter eine Karawane zu bilden, um Motup in seine Heimat zurückzubringen. Lobsang wird uns mit Männern aus seinem Dorf in Leh abholen, sobald der Fluß hinreichend zugefroren ist.

Leh, am 14. Januar. Unser Flugzeug landet wie durch ein Wunder auf der vereisten Piste. Seit neun Tagen sind alle Flüge wegen Schlechtwetters abgesagt. Die Temperatur beträgt zweiundzwanzig Grad minus. Wird Lobsang da sein? Wir zweifeln daran.
Auf dem Gäßchen des Basars spaziert eine Gruppe mit auf dem Rücken verschränkten Händen. Lobsang läuft, wir laufen auch. Man umarmt sich, man weint, man lacht; und kommt zum Schluß, daß uns die Götter wohlgesinnt sind: wir können am nächsten Morgen aufbrechen.

Motup ist noch nie auf dem Fluß gegangen. Er setzt zögernd zu den ersten, unsicheren Schritten an. Wir haben alle einen Stock, um das Eis abzutasten, und sind in einen krapproten Mantel gekleidet, die Goncha aus Zanskari-Wolle, die bis zu den Knöcheln reicht, vor der Kälte, den Stürzen auf dem Eis und der Glut des Feuers schützt. Für Motup ist der Fluß ein endloses Hockeyfeld. Unermüdlich schlittert er auf dem Eis mit seinem Stock in der Hand. An den gefährlichen Stellen geht er hinter seinem Vater. Lobsang macht seinen Sohn nicht den geringsten Vorwurf: mit seinen elf Jahren ist Motup bereits ein Erwachsener.

Man kann nie voraussehen, ob der Tchadar gangbar ist. Er wechselt ständig. Der Fluß kann auf seiner ganzen Oberfläche fest zugefroren sein, und auf einmal wird das Eis brüchig, man muß es sorgfältig prüfen und über die Felsen klettern. Meistens sind nur die Ränder zugefroren, während in der Mitte lautlos das Wasser fließt und große Eisplatten mittreibt. Ein Temperaturwechsel von einem oder zwei Grad reicht aus, um den Fluß zu verändern: eine warme Quelle, eine windige Stelle, eine sonnenbeschienene Felswand oder die Strömung beeinflussen die Ausdehnung und die Dicke des Eises sowie den Wasserspiegel. Auf dem Tchadar gilt nur eine Regel: achtsam sein, abtasten und auf den Klang des Stockes auf dem Eis lauschen.

In diesen engen Schluchten gefangen, vergißt man die Welt. Jeder Schritt wird wichtig, der geringste Tee mundet göttlich. Lobsang sitzt mit gekreuzten Beinen vor dem Feuer, senkt das Gesicht in Gluthöhe und bläst mit tiefen, gleichmäßigen Zügen auf das Feuer. Der Tee kocht im schwarzen Kessel. Geschickt nimmt er ihn vom Feuer, füllt unsere hölzernen Schalen und schiebt ein Stück Butter hinein. Wir trinken schweigend dieses wärmende Gebräu und blasen auf die Oberfläche, um Butter zu sparen. Lobsang schenkt Tee nach: Wir müssen viel Flüssigkeit zu uns nehmen, denn die trockene Luft entzieht dem Organismus Wasser. Dann beugt er sich zu einem kleinen Leinensack neben den dürren Ästen und holt mit seiner rechten Hand als Löffel Gerstenmehl hervor, das er in den Tee schüttet. Mit dem Zeigefinger mischen wir den Teig, unser Abendmahl.

Die Sonne lugt hinter einer Wolke hervor, die Kälte wirft ihre Schatten, die Menschen rücken näher zusammen, und das Licht wird blau. Allmählich dunkelt der Himmel, und die Nacht beginnt zu strahlen. Nun beginnen unsere Abendstunden, im Kreis unter dem Halbmond, mit vom Feuer bestrahlten Gesichtern, die Handflächen den Flammen zugewendet. Die Nacht ist still. Keiner von uns spricht. Der Zauber dieser schwarzen Nächte läßt uns verstummen. Was kann man allzu fernen Sternen sagen? Sanft breitet sich die Stille in der

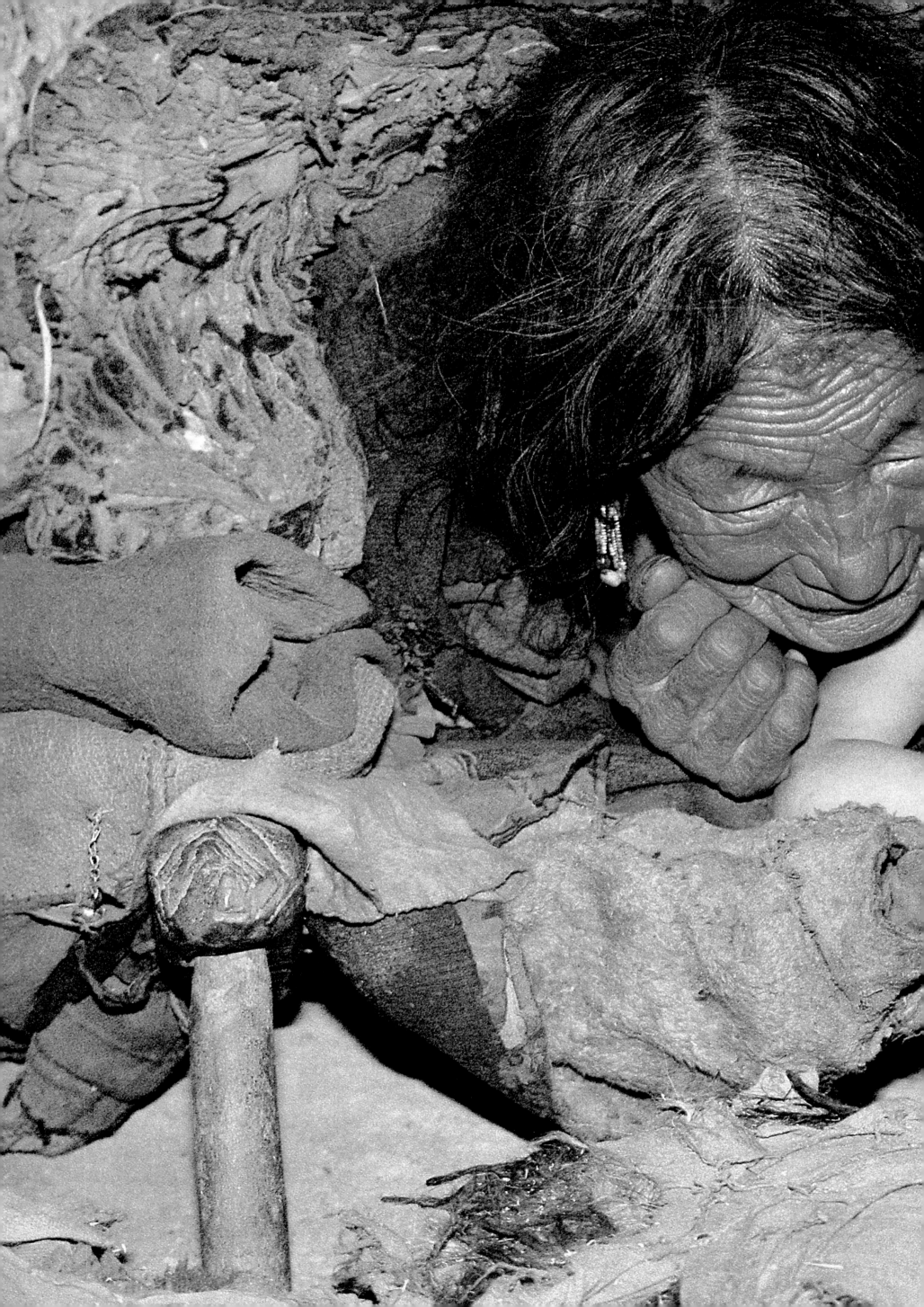

Grotte aus, die im Dunkel der Nacht zurücktritt. Die Glut erlischt, die Träume erwachen. Ein tiefer Atem aus dem Hintergrund unseres Zufluchtsorts hoch über dem Fluß stört kurz unsere Träume: einer von uns schlummert ein. Dann kehrt die Stille wieder, kaum beeinträchtigt vom Knirschen des Eises, das auf dem Fluß dahintreibt. Die Sterne wachen vor unserer Höhle. Lobsang atmet tief und ruhig neben mir. Woran mag mein Freund wohl denken?

Nach zwölf Tagen im Cañon erreichen wir die weite, schweigende, gleichsam von der Welt abgelegene Ebene. Das Dorf Pidmo in der Ferne gleicht einer verlorenen Insel im Schneemeer. Danielle und ich sind schrecklich gerührt, nach so vielen Tagen tief unten in den Schluchten wieder auf ein wenig Leben zu stoßen. Uns war, als führte uns der endlose Cañon tief ins Erdinnere. Wir haben die Felsen über dem Fluß hochklettern und das Eis abtasten müssen. Die ganze Karawane wäre beinahe auf einer Eisscholle umgekommen, die unter unserem Gewicht nachgegeben hatte.

Zwei Tage später, bei der Ankunft in Tahan, weit hinten in der Talmulde, beginnt Motup trunken vor Glück im Schnee herumzutollen. Vor der Holztür stoßen wir auf frische Glut, die Dolma hinterlegt hat, um uns zu bitten, wir mögen uns ein wenig gedulden. Im Haus macht sie sich eifrig zu schaffen, um den Tee zu wärmen, der uns willkommen heißen soll. Plötzlich springt die Holztür auf. Dolma stürzt mit fünf seidenen Kataks hervor. Motup wirft sich seiner Mutter in die Arme.
„Amale!"
Dolma stellt sich auf die Zehenspitzen, um den Schal um Danielles Hals zu legen, zittert aber so sehr, daß sie ihr in die Arme sinkt und vor Glück weint. Wir sind so gerührt, daß wir kein Wort hervorbringen. Diese Frau hat die Gabe, alles mit ihrem Herzen zu sagen. Sie hat eines Nachts geträumt, wir seien in den Fluß gefallen. Am nächsten Morgen hat sie in panischer Angst Dorje, den Letztgeborenen, auf den Rücken genommen und ist im Schnee bis zum Kloster Karcha gewandert, um die Mönche um ein rettendes Gebet für uns zu bitten.

ZEHN TAGE DES GLÜCKS

Wir verbringen knapp zehn Tage in Tahan. Zehn glückliche Festtage. Motup entdeckt Dorje, sein zweijähriges Brüderchen. Diskit, seine Schwester, die jetzt acht ist, schenkt Motup eine Willkommensgabe: ein Schneehuhn, das sie

gefangen hat. An einem Morgen schlachtet Meme Tenzin, der alte Großvater, eine Ziege und bietet uns eine Schale warmen Bluts an. Chomo Dolkar, die Nonne von Dorje Ton, weint vor Rührung, als sie Motup wiedersieht. Die Nachbarn kommen der Reihe nach vorbei, um den Schüler zu begrüßen. Dolma hat mehrere Krüge mit Gerste gären lassen für unsere Ankunft: Der Tchang fließt in Strömen. Atcho Dorje, der Nachbar aus Rizine, hat Lobsang seinen kleinen Blechofen geliehen, Phuntsok einen Teppich und Norges seine Thermosflasche. Jeden Abend sitzen wir mit Verwandten, Freunden und Nachbarn eng aneinandergerückt auf dem Boden in der Winterkammer. Wir erzählen vom Tchadar und Motup von seiner Schule. Lobsang und Dolma strahlen vor Stolz und Freude. Eine schönere Rückkehr ließ sich kaum denken.

Wir müssen allerdings schnellstens den Tchadar hinabsteigen, damit Lobsang und die übrige Karawane rechtzeitig vor dem Eisgang des Flusses nach Zanskar zurückkehren. Und im Februar beginnt wieder die Schule. Wir beschließen, in zwei Tagen aufzubrechen. Lobsang füllt bereits den Sack mit Mehl, Butter und Tee und wiegt Wollknäuel, die er in Ladakh zu verkaufen hofft. Zu seinem Gepäck legt er auch noch den ganz neuen, schweren Wollmantel, der gewöhnlich für die Feste im Kloster vorbehalten ist. Diesmal hat er beschlossen, in diesem Mantel den Direktor zu begrüßen. Motup packt seine Hefte in seine Schultasche. Dolma bereitet Mok-Moks zu, tibetische Ravioli, und setzt Tchang zum Gären an. Beim Schein einer Petroleumlampe im Schneidersitz rund um den Blechofen sitzend, lassen wir uns wortlos die Mok-Moks munden. Kaum sind wir fertig, schenkt uns Dolma Tchang ein und fordert uns mit einer Handbewegung auf, unsere Schale zu leeren, die sie gleich wieder füllt. Nach tibetischem Brauch muß man mindestens drei Tassen trinken. Lobsang erhebt sich im raucherfüllten Halbdunkel der kleinen Lehmkammer und faltet die Hände.
„Dany, Olivier, ihr habt die Ausbildung von Motup übernommen. Er ist kaum wiederzuerkennen. Wir wissen nicht, wie wir euch danken sollen. Olivier, Dany, seid ihr einverstanden, daß Diskit mit uns hinuntersteigt, um ebenfalls zur Schule zu gehen. D'ju, Djulle D'ju."
Lobsang hat Tränen in den Augen, Dolma schnupft in ihren Ärmel. Die Entscheidung ist wichtig. Danielle und ich erheben uns gleichzeitig mit gefalteten Händen. Auch wir haben Tränen in den Augen.
Innerhalb von zwei Tagen ist Diskit ganz verwandelt und zieht stolz die ganz neue Goncha an, die ihre Mutter für das Fest in Karcha für sie beiseite gelegt hatte. Mit

dem Gürtel zwischen den Zähnen bemüht sie sich, ihre neue Kleidung zu knoten. Ihre Augen glänzen, ihr Lächeln strahlt. Der alte, von ihrem Bruder geerbte und völlig durchgewetzte Mantel, den sie seit drei Jahren trug, liegt auf dem Boden wie eine Schlangenhaut, die die Form ihres kleinen Körpers noch erraten läßt: Einige Tage lang rührt niemand daran, als verkörperte der Mantel eine endgültige Vergangenheit.

DER AUFBRUCH ZUM ZUGEFRORENEN FLUß

An diesem Morgen spricht niemand im Haus. Gedankenversunken und gespannt spürt ein jeder, wie wichtig dieser Aufbruch ist. Zwei Kinder verlassen das Haus und gehen zur Schule, das Leben der Familie nimmt einen anderen Lauf. Im Dorf wird sie geschätzt und geachtet. Lobsang und Dolma aber werden hart arbeiten müssen auf den Feldern: ohne ihre zwei Ältesten wird es ihnen an Arbeitskräften mangeln. Da ist auch noch die Sorge über den Fluß und über den Weg, den es bis zur Schule zurückzulegen gilt...

Dolma nimmt traurig die paar Gerstenkörner weg, die in dem großen Kupferkessel auf dem Tchang schwimmen. Gerührt verschüttet Meme Tenzin, der alte Großvater, zitternd ein wenig Tchang auf seinen überall geflickten Mantel. Dolma schenkt uns drei Mal zu trinken ein. Sie zieht aus ihrer wollenen Goncha zwei Schals aus weißem Tüll hervor und wendet sich zu ihrem Sohn. Mit zitternden Händen legt sie eine Katak um die Schultern Motups. Über ihre Lippen gleitet ein tränenersticktes Murmeln: „D'ju, Djulle D'ju, mögen euch die Götter begleiten..."

Motup mit gefalteten Händen, gesenktem Blick und verschleierter Stimme:

„D'ju, Amale, D'ju..."

Dolma wendet sich ihrer Tochter zu. Sie legt ihr die zweite Katak um die Schultern und faltet wieder die Hände. Die Kleine läßt sich nichts anmerken. Dolma wünscht ihr, sie möge glücklich sein. Diskit blickt glückerfüllt zu ihr auf. Eine Träne kullert über die Wange der Mutter und fällt auf die Hand des Kindes. Meme Tenzin spinnt seine Wolle, um seine Rührung zu verbergen, zerreißt aber zwei Mal sein Fädchen. Das Kinn auf die Brust gesenkt, läßt er beschämt sein Knäuel los und senkt die schweren Lider auf seine getrübten Augen. Alle schweigen erschüttert. Wir trinken den Tchang aus und stehen leicht schwankend auf. In Tibet sind die Freundschaften so tief, daß man nie aufbricht, ohne leicht trunken zu sein, damit man seine Traurigkeit ein

wenig vergißt... Draußen blendet die Sonne, brennt der Schnee. Motup sattelt das Pferd, das ihn und seine Schwester bis nach Pishu bringen wird. Seine Augen glänzen vor Aufregung. Diskit folgt ihrem Bruder wie ein Schatten. Gleich hinter dem Dorf, eine Wegstunde weiter, wird alles neu sein für sie.

Die zwei Kinder klettern auf das Tier. Dieser pathetische Aufbruch ist ihnen unheimlich. Sie sind ungeduldig und wollen eiligst auf die Ebene galoppieren und ihre Freude hinausschreien. Sie drehen sich zu ihrer Mutter um, die mit einem weiteren Krug Tchang aus dem Haus tritt, und falten beide die Hände:

„Amale, D'ju!"

Auch vom Großvater verabschieden sie sich mit gefalteten Händen. Dann gibt Motup dem Pferd die Fersen und schnalzt mit der Zunge.

Das Tier setzt sich auf dem verschneiten Pfad in Bewegung. Die Glocke bimmelt, die Freudenschreie der Kinder durchdringen lange die Stille, und man sieht sie noch von weitem mit den Armen winken. Dann verschmelzen sie mit der Weite wie zwei Zweiglein im Gebirge.

IN STRÜMPFEN HINTER EINEM WOLF HER

Bei der Ankunft in Pishu auf dem Rücken ihres Pferdes strahlen Motup und Diskit vor Freude und Stolz. Sie haben noch die Katak ihrer Mutter um den Hals und in ihrem Mantel im letzten Moment noch rasch zubereitete Gerstenfladen. Diskit entdeckt den tiefer gelegenen Teil der Hochebene. In Pidmo, dem letzten Dorf vor den Schluchten, umringen die Einwohner unsere Karawane und geben uns einige auf vergilbte Papierstücke gekritzelte Briefe mit. Schritt für Schritt verlassen wir langsam das Reich des Schnees und dringen in die Eishölle ein. Mit acht Jahren unternimmt Diskit hinter ihrem Bruder ihre ersten Schritte in die Welt...

Sich an der Hand ihres Vaters festhaltend, bewegt sie sich mit kleinen unsicheren Schritten voran, schlittert auf dem Eis, rutscht aus und klammert sich an den Mantel Lobsangs. Von den Wasserstrudeln und dem himmelragenden Cañon erschreckt, bleibt sie am ersten Tag dicht bei ihrem Vater. Die Kälte hingegen macht ihr kaum zu schaffen: Daran ist sie gewöhnt. Den zweiten Tag verbringt Diskit an der Hand Danielles. Am dritten Tag trippelt sie hinter ihrem Bruder drein. Nach und nach findet sie sich auf dem Fluß zurecht und gewöhnt sich an das Schlittern auf dem Eis. An den

heiklen Stellen nimmt Motup sie bei der Hand und lenkt liebevoll ihre Schritte, wenn sie Angst hat. Wenn das Eis von neuem fest und spiegelnd ist, nimmt er Anlauf und schlittert, während Diskit ihm nachläuft.

„Atcho, Atcho, großer Bruder, wart' auf mich!"

Wenn die Kälte abends in der Höhle nicht zu beißend ist, packt Motup seine Schulsachen aus und macht eine Addition oder eine Multiplikation. Diskit schaut ihm zu, als wäre er ein Gott. Dann sinkt sie vor dem Feuer erschöpft in die Arme Danielles. Ihr Vater nimmt daraufhin die auf das Gepäck geschnürte Decke, reibt den Boden mit einem dürren Ast und schlägt das Biwak auf. Eines Nachts, als wir am Flußufer schlafen, wacht Onkel Kathup jäh auf und schreit:

„Ein Wolf!"

Motup läuft in Strümpfen auf dem Fluß dem Wolf hinterdrein, aber Diskit flüchtet sich ängstlich in die Arme Danielles. Zum ersten und einzigen Mal während der ganzen Reise weint Diskit. Wieviele achtjährige oder selbst elfjährige Kinder könnten tagelang bei zwanzig Grad minus so leben, hundertfünfzig Kilometer marschieren, ohne sich je über die Kälte oder über die Länge unserer Tagesstrecken, über die Gefahr oder die Beschwernisse zu beklagen und am Ende des Tages sogar noch imstande sein, beim Aufschlagen des Biwaks zu helfen? Jeden Abend holt Motup freiwillig Wasser und Diskit Holz.

Lobsang spricht kaum. Beim Marschieren oder beim Blick aufs Feuer läßt er ständig seine Gebetskette durch die Finger gleiten. Er wacht immer aufmerksam darauf, daß es seinen Kindern an nichts fehlt, legt von Zeit zu Zeit Holz nach, damit die Flamme nicht erlischt, weist auf rutschige Stellen hin und wartet auf Diskit, wenn er denkt, eine Stelle könnte ihr Angst machen. Und ab und zu, wenn jeder müde ist, holt er ein Stück Dörrfleisch aus seinem Mantel, ein Geschenk des Großvaters Meme Tenzin. Auf dem Fluß wie am Lagerfeuer strahlt Lobsang Ruhe und Sicherheit aus. Wir marschieren oft nebeneinander: Ich liebe seinen Weitblick und seine Umsicht. Lobsang hat mir immer mit einfachen Worten die Welt erschlossen.

„Weißt du, Lobsang, Motup ist ein hochbegabtes Kind.
– Ja, ich habe großes Glück, daß er mein Sohn ist.
– Ich denke, er wird weit kommen in seiner Ausbildung.
– Das stimmt, er ist wohlgeboren. Er hat ein gutes Karma."

Lobsang lehnt sich an einen Felsen und stellt seine Last darauf ab.

„Weißt du, ich fürchte, deine Kinder werden nicht nach Zanskar zurückkehren, wenn sie lange studieren. Sie werden vielleicht lieber in einer Stadt bleiben wollen."

Lobsang denkt nach und wiegt dann sanft den Kopf.

„Wie soll man wissen, was aus Motup und Diskit werden wird? Wir müssen ihnen jetzt die besten Chancen geben; später können wir ihnen nicht mehr helfen, sie zu verwirklichen. Ziehen sie es vor, nicht mehr zurückzukommen, dann deshalb, weil sie anderswo glücklicher sind. Und wenn sie glücklicher sind, was könnte ich mehr wollen?"

Wir setzen unseren Marsch auf dem knirschenden Eis fort. Im Gehen läßt Lobsang die Perlen seiner Gebetskette durch seine rissigen Finger gleiten. Von seinen Lippen steigt ein unhörbares Gebet. Betet er etwa für das Glück seiner Kinder?

Werden sie, aus ihrer Kultur herausgerissen, durch ein in so vielen Schuljahren vermitteltes Wissen nicht entfremdet sein? Werden sie das Erbe ihrer Kultur, die intuitive Weisheit ihres Volkes in sich bewahren? Soll man sie von ihren Überlieferungen abschneiden, um sie in ein theoretisches Wissen einzuweihen, durch das sie vielleicht in ihrer eigenen Welt zu Fremden werden? Ihnen die Möglichkeit zur Selbstentfaltung zu bieten, wo doch Zanskar so arm ist, heißt wahrscheinlich, sie in die Frustration treiben. Wie mag ihre Zukunft aussehen? Es ist alles andere als sicher, daß sie einst wieder heimkehren werden. Werden sie zu diesen entwurzelten Menschen gehören, die sich zu Hause wie in der Fremde unwohl fühlen? Wenn Motup und Diskit hinter ihren Ziegen tollten, konnte man sich keine glücklicheren Kinder vorstellen als sie. Muß man wirklich beschließen, daß dieses Glück keine Zukunft hat?

Zanskar entwickelt sich unweigerlich weiter, ganz so wie die übrige Welt. Aber die noch zu isolierten Dorfbewohner leiden unter der Unwissenheit und leben unter dem Joch der Dämonen und der Schicksalsgläubigkeit. Welche Freiheit wird in zehn oder zwanzig Jahren ein Mensch besitzen, der über kein Wissen verfügt? Ich habe noch die Worte von Tashi Namgyal Gyalpo in den Ohren, des alten Königs von Zanskar, kurz bevor er starb:

„Die Schule ist wichtig, damit man lernt, gegen die Krankheit oder den Hunger zu kämpfen. Die heiligen Texte sind ebenso wichtig, um den Daseinszweck der Welt zu begreifen. Die beiden Quellen des Wissens sind unentbehrlich für die Selbstverwirklichung. Eins ohne das andere bleibt fruchtlos."

Warum sollten Motup und Diskit ihrer Heimat später nicht helfen, die bevorstehenden Veränderungen in Angriff zu nehmen. Wer weiß, ob sie nicht die Fertigkeiten und Kenntnisse der anderen Welt mit der Lebenskunst ihres Volkes verbinden werden?

Als wir beschlossen haben, sie in der Schule in Ladakh einzuschreiben, dachten wir aus tiefstem Herzen, dies sei die beste Lösung für sie. Nun sind wir gemeinsam in dieses große Abenteuer verstrickt, das unserem Leben den Stempel aufdrückt. Unser aller Zukunft hängt zusammen. Das Glück eines jeden ist zum Glück aller geworden. Wenn die Kinder glücklich werden, werden wir alle bestärkt aus diesem Abenteuer hervorgehen. Wenn diese Lebensumstellung sie später aus der Bahn wirft und entwurzelt, so werden wir alle darunter leiden. Das Leben ist, der Wanderung auf dem zugefrorenen Fluß gleich, ein Irrgarten von Entscheidungen. Will man vorankommen, muß man prüfen und sich mit den Grenzen vertraut machen, hinter denen unsere Harmonie in Brüche geht. Jeder prüft seinen eigenen Weg, jeder versucht, aus seinem eigenen Cañon herauszufinden.

Diskit kann es gar nicht fassen, als wir zwölf Tage später zur Piste gelangen. Die Landschaft hat sich verändert, es gibt keinen Schnee mehr, es ist weniger kalt, und die Berge sind braun. Man geht nicht mehr auf Eis sondern auf einem Erdweg. Hier schlittert man nicht, hier stürzt man nicht. Ihr Vater ist bereits in der Morgendämmerung, lange noch vor den anderen, aufgebrochen, um zu versuchen, ein Fahrzeug aufzutreiben. Plötzlich taucht in einer Kurve, hoch oben auf der Ladefläche eines Lastwagens, Lobsang aus einer Staubwolke auf: Er hat den Fahrer überreden können, uns entgegenzufahren. Motup stößt Freudenschreie aus!

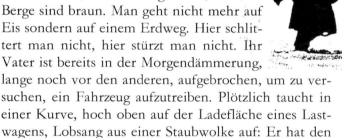

„Abale, Abale!"
Sein Vater ist großartig!

Diskit ist ganz erschrocken über dieses Eisentier und über den Fahrer, einen schnurrbärtigen Sikh mit Turban. Sie will nicht einsteigen. Lobsang nimmt sie freundlich bei der Hand. In der Kabine sitzt sie auf den Knien ihres Vaters und klammert sich sogar am Fahrer fest, so sehr macht ihr die geringste Kurve Angst: Noch nie ist sie so schnell vorangekommen! Wir überholen zwei Männer und einen Esel: Die Hupe läßt sie aufschrecken. Glücklich darüber, einen Esel zu sehen, der sie an ihre Heimat erinnert, beugt sie sich aus dem Fenster und schaut zurück:
„Abale, hast du das gesehen, hier gehen die Esel rückwärts!
– Nein, wir fahren bloß schneller!"
In Leh ist sie ganz verschreckt und läßt ihren Vater nicht mehr los. Noch nie hat sie so viele Autos, so viele Leute, so viele Häuser gesehen. Überall gibt es Läden, die alles verkaufen, sogar rosa Bänder, die man ins Haar steckt. Sie zieht ihren Vater mit sich und steht nachdenklich vor den Auslagen.
Die Schule liegt etwa zwanzig Gehminuten oberhalb von Leh, abseits vom Basar und den Autos. Diskit atmet auf, Motup ist ganz überdreht. Er wird seine Freunde wiedersehen und seine abenteuerliche Reise schildern. Er hat seinen Stock, mit dem er das Eis abtastete, behalten, als wolle er die Wahrhaftigkeit seiner Erzählung bezeugen. Lobsang läßt mit auf dem Rücken verschränk-

ten Händen seinen Gebetskranz durch die Finger gleiten und klettert mit der Genugtuung eines Vaters, der seine Pflicht beinahe erfüllt hat, zur Schule hoch. Er hat seinen neuen Mantel angelegt. Der Direktor empfängt uns in einem kleinen geheizten Raum. Unter dem Bild des Dalai Lama über ihm glänzt eine Kerze. Er serviert uns gezuckerten Tee in kleinen Porzellantassen auf einem Aluminiumtablett. Diskit ist fasziniert. Motup ist ernst und hält sich kerzengerade. Der Direktor befragt ihn auf tibetisch:
„Motup, wie ist deine Reise vonstatten gegangen?
– Very well, sir, thank you", antwortet er stolz auf englisch.
Lobsang läßt immer noch seinen Gebetskranz durch die Finger gleiten und sitzt unbehaglich schief auf dem Sofa. Er ist es nicht gewöhnt, anders zu sitzen als mit gekreuzten Beinen auf dem Boden. Er zieht ein großes, in Stoff gewickeltes Stück Butter aus der Tasche seines Mantels.
„Sie kommt von zu Hause, das ist die beste Butter der Hochweide", sagt er mit leuchtendem Blick.
Der Direktor nimmt Diskit in die Vorschulklasse auf. Sie wird im Schlafsaal untergebracht werden und lernen müssen, den Schulrhythmus einzuhalten und, wie ihr Bruder, zu lesen und auf einer Schiefertafel zu schreiben. Als wir Herrn Dorje verlassen, fühlen wir uns leicht wie Federn im Wind. Diskit ist sehr beeindruckt. Sie befragt fortwährend ihren Bruder:
„Atcho, wer war dieser Herr, ein Mönch? Werden wir die ganze Zeit bei ihm bleiben? Ist das die Schule? Hier gibt es keine Tiere. Wer wird das Essen machen?"
Lobsang und die Träger müssen schnellstens wieder hinauf, solange das Eis hält, sonst werden sie mehrere Monate abwarten müssen, bis sie über das Gebirge nach Zanskar zurückkehren können...
Der Lastwagen, der unsere Freunde zum Fluß bringt, kommt im Morgengrauen. Die Zeit des Abschiednehmens ist gekommen. Wir tragen die nach Rauch riechenden Säcke auf das Gäßchen hinaus. Motup und Diskit sehen zu, wie ihr Vater das Gepäck auf die Ladefläche schiebt. In ihrem Blick ist keine Trauer, ja nicht einmal eine Träne. Warum auch weinen, wenn man das Glück hat, zur Schule zu gehen?
Lobsang legt jedem von uns eine Katak um die Schultern und faltet die Hände. Er wünscht uns eine friedliche Rückreise, wir wünschen ihm eine rasche Heimkehr. Er betrachtet seine beiden Kinder und streift ihnen lächelnd über die Wange: Sein Lächeln ist zutiefst glücklich.
Der Lastwagen braust in einer schwarzen Rauchwolke davon. Motup und Diskit winken noch. Als er in einer Kurve aus dem Blickfeld verschwindet, wendet sich Motup zu Diskit:
„Spielen wir Cricket?"

Olivier Föllmi

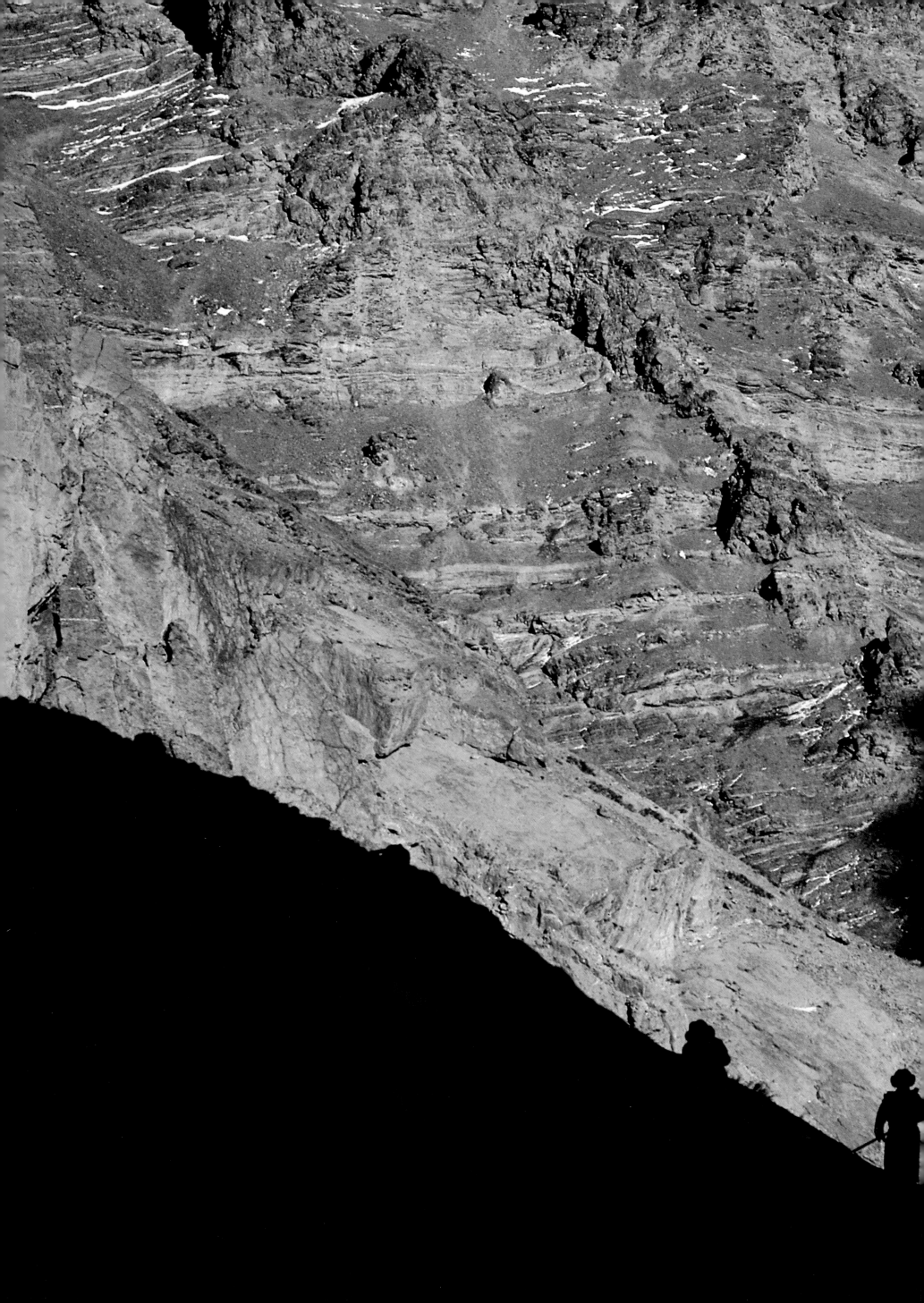

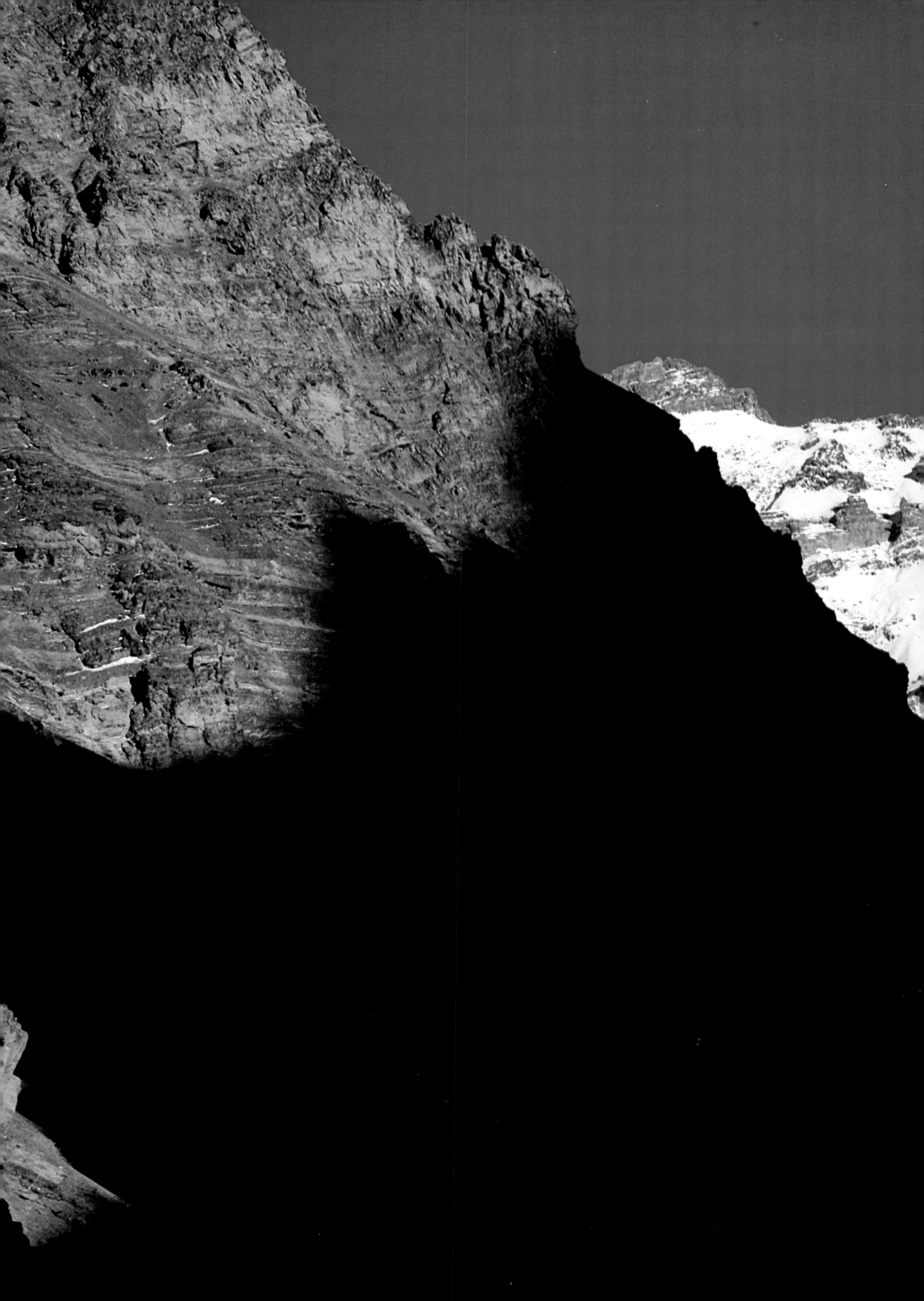

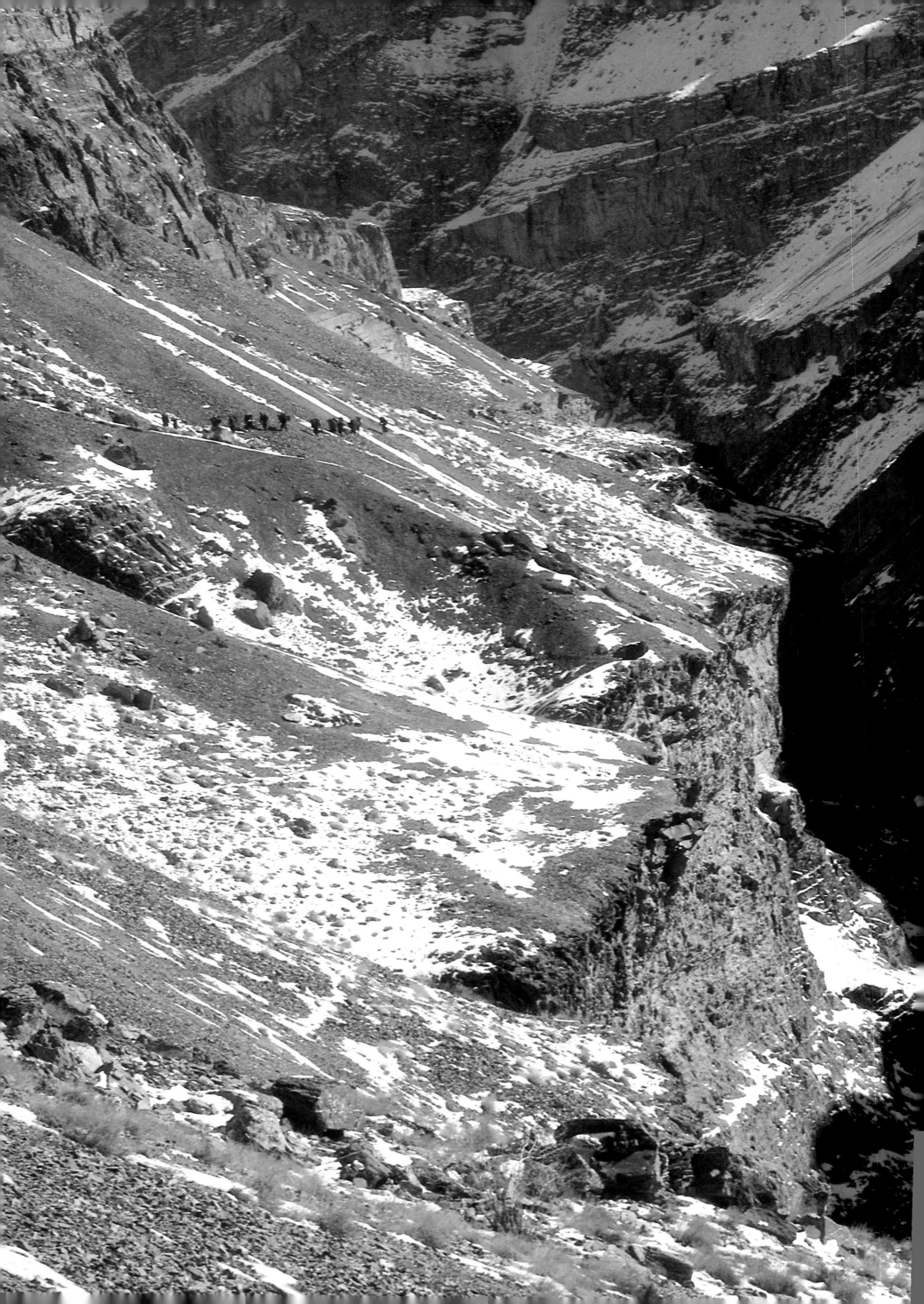

Dear olivier and Danielle Jullé

I am fine here at school. Ladakh is very nise and I play cricket. this year I am first position. Diskit is also fine again she start to study English Hindi and tibeten same like me. We both are very Happy are you coming next winter on charder river? If there is any mistake pardon me please Jullé Bye Bye

Motup

JULLÉ Jullg
Diskit

1 Ein betagter Mönch, der sein Alter nicht kennt, läßt seine Gebetsmühle kreisen und seine Gebetskette durch die Finger gleiten. In einen schweren Mantel aus gewendetem Ziegenleder gehüllt, verbringt er seinen Lebensabend bei seiner Familie in der Winterkammer. Auf seiner Mönchshaube steckt ein Abzeichen, das ein Symbol des tibetischen Buddhismus darstellt.

2 Motup mit zwölf Jahren. Durch die Biwaks am Flußufer bei dreißig Grad minus ist die Haut seines Gesichts in der Kälte aufgesprungen. Sein Vater gibt ihm Butter, um sein Gesicht zu schützen.

3 Die Karawane wandert über die Ebene von Zanskar, in 3 500 Metern Höhe, auf den Cañon zu. An der Spitze: Motup, der stolz zur Schule zurückkehrt, und dahinter Diskit, die glücklich ist, ihrem Bruder nachfolgen zu können. Dann zwei Träger, Danielle, Lobsang und die übrigen Träger und Freunde, die uns beim Abstieg auf dem Tchadar, dem zugefrorenen Fluß, helfen.

4 Als Willkommensgeschenk für ihren Bruder, den sie drei Jahre lang nicht gesehen hat, hat Diskit, 8, ein Schneehuhn gefangen. Zum Schenken gibt es in Zanskar nichts: alles im Haus dient der Familie, nichts ist unnütz, und es gibt weder Bleistift noch Papier um zu zeichnen. Die Eltern Lobsang und Dolma wollten jedoch nicht, daß Diskit den gefangenen Vogel behält. Als tibetische Buddhisten achten sie das Leben und töten nie, nicht einmal ein Insekt. Am nächsten Morgen hat Lobsang das Huhn vom Dach in die Lüfte aufsteigen lassen.

5 Kitcherac (3 500 Meter) unter den ersten Sonnenstrahlen bei zweiunddreißig Grad minus. Auf dem Flachdach werden die Futtervorräte für acht Monate gelagert und die auf den Berghängen gefundenen dürren Büsche. Sie dienen im Winter zum Feueranmachen. Brüder, Schwestern und Kinder wohnen unter einem Dach. Nur der älteste Sohn heiratet. Die jüngeren Brüder werden zu den Nebenmännern seiner Frau. Bei der Hochzeit des Ältesten übergeben die Eltern dem jungen Paar ihr Erbe und ziehen sich in ein kleines benachbartes Haus zurück. Im Winter flüchtet sich jede Familie in eine von den Ställen umringte Kammer unter dem Haus. Dort beträgt die Temperatur 2 Grad, draußen jedoch minus dreißig. Das Yokhang, die Winterkammer, gleicht einem in die Erde eingelassenen Keller. Man kann darin kaum aufrecht stehen. Die reichsten Familien besitzen einen kleinen Blechherd, durch den ein Teil des Rauchs abzieht. Geheizt wird nie. Mit den getrockneten Yakfladen und dem Pferdedung, die nur zum Kochen dienen, heißt es sparsam umgehen.

6 In Zongla (3 400 Meter). Mit etwa 70 Jahren ist Abile eine der ältesten Großmütter von Zanskar. Jeden Abend erzählt sie ihrem Enkel in der Winterkammer eine Geschichte und singt ihm unter der gemeinsamen Decke direkt auf dem Boden ein Lied vor. Der an die Kälte gewöhnte Kleine ist nackt. In dem Raum, in dem die ganze Familie lebt und schläft, beträgt die Temperatur zwei Grad. Jeden Morgen faltet man die Decke und räumt das Holzkissen, das im Vordergrund zu sehen ist, weg, bevor die erste Gerstensuppe zubereitet wird.

7 Nach drei Jahren in der Schule in Ladakh sieht Motup seine Familie in Tahan in Zanskar wieder. In der Winterkammer versammelt, im Hintergrund eine Tante, Lobsang, der Vater, und Dolma, die Mutter. Sie strahlen vor Glück und Stolz. Motup ist der gelehrteste in der Familie geworden, er kennt drei Schriften und spricht vier Sprachen: Zanskari, Hindi, Englisch und Tibetisch. Er lernt Mathematik, Naturwissenschaften, Geschichte und Georgraphie. Motup schenkt seiner Mutter Tchang ein, Gerstenbier, und Lobsang legt einen Ehrenteppich aus, um seine Ankunft zu feiern.

8 Wir haben zehn Tage in Tahan bei der Familie verbracht und müssen zum Fluß losziehen, bevor das Eis bricht. Diskit, die kleine achtjährige Schwester, wird mit uns kommen, um wie ihr Bruder die Schule zu besuchen. Dolma legt weinend eine Katak, einen Tüllschal, um die Schultern Lobsangs, der die Karawane begleitet. Mit dieser Geste wünscht sie ihm, die Götter mögen auf seiner ganzen Reise auf dem Fluß mit ihm sein. Traurig und glücklich zugleich sieht Dolma gerührt ihre Kinder losziehen. Vor allem aber hat sie Angst vor dem Fluß. Wegen der Gefahr und der Dämonen in den Schluchten wagen sich nur wenige Karawanen auf das Eis.

9 Im Winter, von Mitte Januar bis Mitte Februar, heißt der Zanskar-Fluß, sobald man sich auf das Eis vorwagen kann, Tchadar, der zugefrorene Fluß. Dann brechen die Eisschollen, weil sie sich zwischen den Felswänden ausdehnen, und der Eisgang beginnt. Von den letzten Häusern von Zanskar, in 3 400 Metern Höhe, stürzt sich der Fluß in einen hundert Kilometer langen Cañon, und der Weg durch diese Schluchten dauert zwischen sechs und vierzehn Tagen. Bricht das Eis, so kann man an einem Ufer ausweglos blockiert bleiben. Hier, unweit von Ladak, begegnen wir der Karawane des Astrologen von Karcha, Sonam Watchuk, der wieder nach Zanskar hinaufsteigt, nachdem er in Ladakh Astrologieregister besorgt hat.

10 Wir marschieren auf den zugefrorenen Rändern, prüfen das Eis mit einem Stock und orientieren uns am Klang. Der Fluß friert sehr unregelmäßig zu und treibt zur Mitte oft Eisschollen mit. Die Wassertemperatur liegt zwischen null und minus fünf Grad, die Lufttemperatur zwischen minus zwanzig und minus dreißig.

11 Motup, 11, und Diskit, 8, auf dem zugefrorenen Fluß. Die zwei Kinder sind auf dem Weg zur Schule in Ladakh. Motup prüft das Eis mit seinem Stock. Motup liebt den Fluß, Diskit hat ein bißchen Angst davor. Das Wasser wirbelt unter dem Eis. Jeder Schritt auf dem knirschenden Eis erzeugt ein metallenes Geräusch.

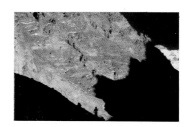

12 Wenn das Eis nicht fest genug ist, müssen wir die Abhänge über dem Fluß hochklettern wie hier Motup im Gegenlicht. In den engen und tiefen Cañon dringen nur wenige Sonnenstrahlen.

13 Die Eisschollen tragen, brechen und bilden sich ständig von neuem. Ein Eisblock flußaufwärts ist von der Strömung mitgerissen worden. Nun sitzt er fest und ist mit anderen Brocken weiter flußabwärts verwachsen. Vor einigen Tagen war es noch unmöglich, an dieser Stelle zu gehen.

14 Motup klettert mit seinem Schulranzen über eine besonders glatte und gefährliche Stelle. Der vom Hochwasser im Sommer geglättete Felsen bietet keinerlei Halt. Ein Träger, der ihm vorankletterte, glaubte auszurutschen und hat seinen Stock fallen lassen, den man im Wasser treiben sieht. Die gefährlichen Stellen sind zahlreich, und die Zanskari seilen sich nur sehr selten an. Es wäre auch sehr langwierig und manchmal unmöglich, die ganze Karawane an den riskanten Stellen anzuseilen, ohne unseren Aufenthalt auf dem Fluß um mehrere Tage zu verlän-

15 Lobsang an einer gefährlichen Stelle. Das Wasser ist zwanzig Zentimeter unter seinen Füssen. Der Eisstreifen hat kurz vor uns nachgegeben und zwingt uns zu klettern. Rechts friert das Wasser wieder. Der Fels ist glatt und eisig, und Lobsang behält seine Fäustlinge an. Seine Hände haben keinerlei Halt. Seine Füsse ruhen auf einem kleinen, etwa zehn Zentimeter breiten Band. Die Stelle ist äußerst gefährlich, vor allem mit einer Traglast von 25 Kilo. Wer ins Wasser fällt, würde von der Strömung mitgerissen und könnte der eisigen Temperatur nicht widerstehen. Kein einziger Zanskari unserer Truppe kann schwimmen.

20-21 Manchmal ist der Fluß ruhig und treibt still Eisplatten mit. Dann schlittern wir unbehindert voran, genießen diese Momente der Ruhe und lauern auf besonnte Stellen, um uns ein wenig zu wärmen.

26 Im Luknak-Tal machen Mitte April vier Männer aus Icha kehrt. Die Lawinengefahr ist schrecklich, und alljährlich werden an dieser Stelle Karawanen mitgerissen und kommen im Fluß um.

22 Am Abend oder, wie hier, am Morgen verdunstet das Wasser des Flusses durch den Temperaturunterschied von zwanzig oder dreißig Grad zwischen der Luft und dem Wasser. Die ersten Sonnenstrahlen streifen den Tchadar, aber der Cañon liegt noch im Schatten. Hier, im Gegenlicht, Lobsang und Ang Norboo.

27-28 Beim Aufstieg auf dem zugefrorenen Fluß, kurz vor dem Eisbruch, Ende Februar, ist unsere Karawane in einen Sturm geraten. Überdies hat ein Rand nachgegeben, und wir müssen unsere Stöcke als Unterlage verwenden, um weiterzukommen. Nichts ist schlimmer als der Sturm: Man sieht nichts mehr, der Schnee bedeckt das Eis, und man muß vor jedem Schritt abtasten. Schneit es, so bedeutet dies, daß die Temperatur zunimmt, daß der Wasserspiegel steigt, das Eis sich dehnt und bricht. Am Grund des Cañons ist man den Lawinen ausgeliefert, die man nicht kommen sehen kann. Man darf nicht zu lange in einer Höhle warten, bis das schlechte Wetter vorbei ist: Dauert es zu lang, bricht der Fluß, und man sitzt vollständig fest.

16 Lobsang, der Vater der Kinder, konzentriert sich an einer heiklen Stelle knapp am Wasser. Die Zanskaris sind nicht sehr gut ausgerüstet, um den Fluß zu bezwingen. Ihre Fellschuhe haften weder auf dem Eis noch auf dem Fels und sind hauptsächlich angefertigt, um in der Umgebung der Dörfer zu marschieren. Sie sind aus Ziegenfell mit gewebten Wollgamaschen, die den Schnee abhalten.

17 Die Hand des Onkel Kathup, einer unserer Träger und Freunde. Man nennt ihn Onkel, weil er der älteste von uns allen ist. In Zanskar spricht man vom anderen, als gehöre er zur eigenen Familie: großer Bruder, große Schwester, kleiner Bruder, Großmutter... Selten wird der Vorname verwendet.

18 Wenn das Eis nicht fest genug oder vom Wasser überflutet ist, müssen wir klettern. Wir haben einen Abhang über dem Cañon erreichen und die heikle Stelle umgehen können. Manchmal aber ist das Klettern unmöglich, und die Karawane sitzt fest. Um uns Mitte Januar abzuholen, ist Lobsang mit einer Gruppe Zanskaris drei Tage lang am Ufer blockiert gewesen, bis sich das Eis wieder bildete. Indem er Büsche an der Wasseroberfläche festmachte, hat er die Strömung gebremst und die Eisbildung beschleunigt.

23 Jeden Abend müssen wir einen Unterschlupf suchen. Wenn möglich, schlafen wir in den Höhlen, die bequemer sind als die windigen Ufer. Je nach den im Laufe des Tages angetroffenen Schwierigkeiten können wir jedoch nicht immer die vorgesehenen Raststellen erreichen. Hier ist die Höhle sehr bequem und windgeschützt. Jeden Abend müssen wir Holz suchen, das das Hochwasser im Sommer zwischen die Steine schwemmt. Wir müssen auch ein wenig Eis vom Fluß holen, das wir für unseren gesalzenen Buttertee schmelzen.

24 Onkel Kathup raucht in aller Ruhe abends vor dem Feuer. Er hat sich mit einem hohlen Ast und einer Kruste aus Gerstenmehl eine Pfeife gebastelt. Die Pfeife Onkel Kathups bringt uns immer zum Lachen, denn sobald sich der Pfeifenkopf erhitzt, wird die Gerste rissig, und der ganze Tabak fällt auf seinen Wollmantel!

29 Ang Norboo, Phuntsok, Lobsang und Tenzin kämpfen im Sturm gegen den Wind an. Nach vierzehn Stunden Marsch ist am Ende des Tages jeder erschöpft.

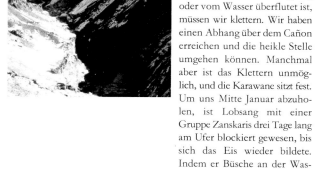

19 Ist man geklettert, um eine auf dem Eis zu schwierige Stelle zu meiden, muß man einen Weg finden, um auf den Fluß zurückzugelangen. Im Vordergrund stützt sich Diskit auf ihren Stock, um den Abhang nicht hinunterzukollern.

30 Beim Aufstieg über den Tchadar nach Zanskar mit Motup und Lobsang sind wir einer Karawane von Mönchen aus dem Kloster Phuktal begegnet. Sie gingen nach Ladakh, um ein wenig Handel zu treiben und Daramsala zu erreichen, wo ihr geistiges Oberhaupt, der Dalai Lama, residiert. An diesem Tag betrug die Temperatur minus siebenunddreißig Grad, und der Wind brannte die Haut. Die Mönche waren barfuß im Wasser gegangen, da das Eis nachgegeben hatte, und sie litten schrecklich. Wir haben kaum einige Worte gewechselt, hatten sie doch nur einen Wunsch: weitergehen, um sich zu wärmen. Und wir: weitergehen, um die entsetzliche Stelle zu erreichen, die wir überwinden mußten.

25 Lobsang bereitet im Biwak das Essen zu. An dieser Stelle, an der der Fluß eine weite Krümmung macht, hat sich viel Holz angesammelt, darunter ein riesiger Tannenstamm. Niemand verbrennt ihn aus Respekt: Im Dorf würde ein solches Holzstück als Zeichen der Tapferkeit der Männer des Hauses auf dem Dach ausgestellt werden und zu den Besitztümern der Familie zählen.

31-32-33 Norboo und Kathup im Tiefschnee während des Sturms beim Verlassen des Cañons.

34-35-36-37 Lobsang (links oben), Phuntsok (rechts oben), Tenzin (links unten) und wieder Lobsang (rechts unten) während unseres Marsches im Sturm. Jeder ist erschöpft, vor allem Tenzin, einer der jüngsten Träger. Schnee und Wind peitschen das Gesicht, und wir sind völlig durchnäßt.

38 Nach stundenlangem Kampf gegen den Sturm ruht sich Lobsang kurz aus. Er hat den Saum seiner Goncha, seines langen Wollmantels hochgehoben, damit er nicht im Schnee schleift. Den ganzen Tag verfolgt uns die Vorstellung, die Lawinen könnten uns am Grund des Cañons begraben.

39 Diskit hat nie darüber geklagt, daß sie bei minus zwanzig oder dreißig Grad zwölf Tage auf dem zugefrorenen Fluß marschieren mußte. Abends geht sie wie alle auf Holzsuche, damit wir Feuer machen und kochen können. An diesem Abend ist sie jedoch müde, weil wir acht Stunden durchmarschiert sind, um die Höhle zu erreichen. Der Tag war beschwerlich gewesen, und wir hatten vor jedem Schritt das Eis prüfen und die Felswand hochklettern müssen. Einige Stunden nach diesem Bild hat sich im Dunkel ein Wolf unserem Biwak genähert, und Onkel Kathup hat ihn schreiend verjagt. Diskit wurde aus dem Schlaf gerissen und hat in den Armen Danielles zu weinen begonnen: Die Wölfe machen ihr Angst.

40 Motup und Diskit spielen Hockey auf dem Fluß, während wir das Biwak aufschlagen. Als Schlagstock dient ihnen der Oberschenkelknochen eines Mufflons. Einmal haben wir beim Holzsuchen ein vollständiges, hinter einem Felsen eingezwängtes Skelett gefunden. Es handelte sich höchstwahrscheinlich um eine ins Wasser gefallene Frau, da am Handgelenksknochen noch ein Armband aus Perlmutt hing, wie es die Frauen in Zanskar tragen.

41 Wir machen vor Einbruch der Dunkelheit Halt, um unser Biwak aufzuschlagen und Holz und Wasser zu holen. Wir trinken viel gesalzenen Buttertee, um gegen die Trockenheit der Luft und die Kälte anzukämpfen. Dann kochen wir Gerstenmehl, das wir in Butter braten oder in den Tee mischen. Onkel Kathup erzählt jeden Abend eine Geschichte, die uns zum Lachen bringt. Man spricht über die Stürze auf dem Eis und über die schwierigen Stellen. Nach dem Essen summt jeder ein Gebet und wir rücken auf der gefrorenen Erde eng zusammen. An den Fels gelehnt, sieht man links ein Gebetbuch, das sorgfältig in Stoff gewickelt ist. Es gehört Phuntsok, der es bei jedem Halt auspackt. Das Buch mit den heiligen Schriften wird auf dem Gepäck über den Gebrauchsgegenständen festgemacht. Bei der Rast wird es, wie hier, aus Respekt oberhalb der Männer aufgestellt. Genauso liegt auch das Kloster immer oberhalb des Dorfes.

42 Tzering Dorje, einer der Träger der Karawane, trinkt während einer Rast Gerstensuppe mit Curry aus einer in Ladakh gekauften Metallschale. Die Zanskaris haben immer eine Schale bei sich: Man plaudert nie, ohne zu trinken. Niemand hat genügend Geschirr zu Hause, also zieht jeder Besucher spontan seine Schale hervor und setzt sich im Schneidersitz auf den Boden. Bevor man geht, entfettet man seine Schale, indem man sie mit Gerstenmehl reibt, und steckt sie wieder ein, nachdem man den Gerstenklumpen geschluckt hat.

43 Es ist Zeit zum Aufbruch. Jeder wärmt sich noch ein wenig die Hände an der letzten Glut, auf der man Buttertee zubereitet hat. Zu Mittag beträgt die Temperatur minus zwanzig Grad.
Die sehr begehrten Türkis- und Silberringe gehören zur Eitelkeit der Männer und Frauen. Die Türkissteine dienen als Tauschgeld und kommen durch den Tauschhandel über die Täler aus Tibet.

44 Der Tchadar ist schwer gangbar: Ein Eisblock versperrt den Weg, und das Wasser ist über das Eis geschwappt. Links bedeckt es das Eis. Man muß also erst einmal vorsichtig ausprobieren, wo man das Eis überqueren kann. Rechts außen sieht man Diskit hinter ihrem Vater.

45-46-47-48 Schwierige Stellen, an denen wir das wasserbedeckte Eis prüfen, klettern und stundenlang Astwerk suchen müssen, mit dem wir über den Ort, wo das Eis gebrochen ist, hinwegkommen können.

49 Wenn es zu kalt ist, sinkt der Wasserspiegel, und die Ränder bröckeln ab. Die auf dem Fluß treibenden Eisbrocken bleiben flußabwärts hängen und bilden einen Damm. Das Wasser schießt seitlich vorbei und zwingt uns, barfuß zu gehen. Eine besonders schmerzhafte Prüfung, wenn die Haut am Eis haften bleibt, bei der geringsten Bewegung aufreißt und die Fußsohle aufscheuert.

50 Eine sehr gefährliche Stelle läßt uns nur langsam vorankommen. Wir müssen auf Steinen gehen, die Ang Norboo an der Stelle ausgelegt hat, wo das Wasser das Eis überflutet. Wenn wir hier ausrutschen, würde uns die Strömung sofort unter das Eis rechts mitreißen, und es bestünde keine Aussicht auf Rettung mehr.

55 Die Kälte hat diesen Wasserfall, der sich in den Fluß ergießt, erstarren lassen. Die Zanskaris glauben, im Loch, aus dem das Eis hervortritt, wohne eine Gottheit, und beim Vorübergehen singt ein jeder ein Gebet. An der Spitze Onkel Kathup, gefolgt von Ang Norboo, Lobsang und seinem Neffen Löfel.

51 Hier müssen wir einzeln vorangehen, da der Eisrand zu dünn ist. Motup macht sich Sorgen um seine Schwester, die sich nicht weiterwagt. Das Eis ist rutschig, und die Wasserwirbel wirken nicht gerade beruhigend. Auf ihrer Mütze trägt Diskit ein Abzeichen, das ihr ihre Mutter geschenkt hat. Es stellt ein Symbol des tibetischen Buddhismus dar, das ihr Glück bringen soll. Sie hat die viel zu großen Schuhe ihres Bruders angezogen, da ihr die eigenen Fellschuhe die Füße aufscheuerten.

56 Beim Verlassen des Cañons seufzt jeder auf. Wir sind wohlbehalten. Lobsang ist glücklich, seine Kinder ans Ziel gebracht zu haben, und hält seinen Sohn an der Hand. Sie werden womöglich für Jahre getrennt sein. Der Fluß ist zu gefährlich, als daß Motup und Diskit jeden Winter zur ihrer Familie hinaufsteigen könnten, und Lobsang weiß sie auch in den Ferien lieber im Internat. Motup ist stolz, noch einmal über den Fluß gewandert zu sein, und freut sich darauf, seinen Schulfreunden seine Ferien schildern zu können.

52 Das Eis ist gebrochen und ungangbar. Wir müssen einen Weg über die Felsen finden. Wenn ein Wasserfall in den Fluß stürzt, wird das Eis oft brüchig: Unterirdische Quellen erwärmen das Wasser, und das Eis schmilzt stellenweise.

57 In der Mitte Motup, umringt von seinen Klassenkameraden in der Lamdon Model School in Leh, einer ausgezeichneten Privatschule unter der Schirmherrschaft des Dalai Lama, in der die Kinder tibetisch, hindi und englisch lernen sowie eine allgemeine Ausbildung erhalten. Ein Mönch vermittelt ihnen Grundbegriffe des tibetischen Buddhismus.

53 Motup und Diskit auf dem Fluß. In der Morgendämmerung ist die Kälte so beißend, daß niemand spricht und jeder seinen Träumen nachhängt, die ihm das Herz ein wenig wärmen. Auf dem Fluß treiben still die Eisplatten. Jeder hofft, möglichst rasch in die Sonne zu kommen.

Umschlagseite drei: Luftblasen im Eis auf dem Tchadar, dem zugefrorenen Fluß.

54 Jeden Morgen brechen wir in der Dämmerung auf, denn die Kälte brennt im Gesicht, und wir schlottern im Biwak. Wir frühstücken nie morgens und brechen sogleich auf, um uns im Gehen aufzuwärmen. Wenn dann drei oder vier Stunden später die Sonne endlich den Grund der Schlucht erreicht, lassen wir uns auf einem Ufer nieder, suchen ein wenig Holz und bereiten gesalzenen Buttertee, den wir mit Gerstenmehl mischen.

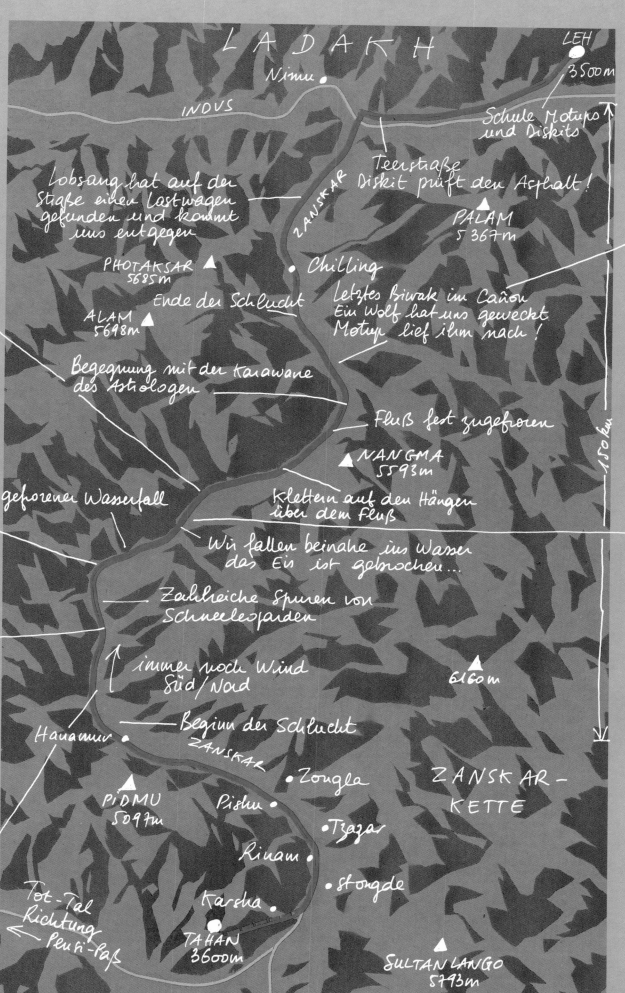

L A D A K H

LEH
3500m

Nimu

INDUS

Schule Motups
und Diskits

Teerstraße
Diskit prüft den Asphalt!

Lobsang hat auf der
Straße einen Lastwagen
gefunden und kommt
uns entgegen

PALAM
5367m

PHOTAKSAR ▲
5685m

Chilling

Ende der Schlucht

Letztes Biwak im Cañon
Ein Wolf hat uns geweckt
Motup lief ihm nach!

ALAM ▲
5698m

Begegnung mit der Karawane
des Astrologen

Fluß fest zugefroren

NANGMA ▲
5593m

geforener Wasserfall

Klettern auf den Hängen
über dem Fluß

Wir fallen beinahe ins Wasser
das Eis ist gebrochen...

Zahlreiche Spuren von
Schneeleoparden

immer noch Wind
Süd/Nord

6160m

Beginn der Schlucht
ZANSKAR

Hanamur

ZANSKAR-
KETTE

Zongla

PIDMU ▲
5099m

Pishu

Tsazar

Rinam

Karsha

stongde

Tot-Tal
Richtung
Pensi-Paß

TAHAN
3600m

SULTAN LANGO ▲
5793m

SPADUM

N
O   W
S

ZIM ▲
5286m

Luknak-Tal

KETTE DES GROSSEN
HIMALAYA

Richtung Kloster Phuktal
und Shingupaß (5100m)

A.CAZALIS

Phantsok barfuß
auf dem Eis...

Mondfinsternis
die Träger beten

die Kinder
von ... Bann

wir gehen im
Wasser bei -37°

Motup läuft
einem Wolf nach

ein Skelett unter
einem Felsen

zu Pferd...

ZANSKAR

INDIEN

Lobsang ist der Vater der zwei Kinder Motup und Diskit, die über den zugefrorenen Fluß zur Schule wandern. Wir kennen uns seit mehr als zehn Jahren. Wir sind zusammen über die indischen Ebenen gezogen, und die Entdeckung einer Welt ohne Berge hatte ihn verblüfft. Daraufhin hatte er beschlossen, seinen ältesten Sohn in der Schule einzuschreiben, damit er lernt, was er selbst nicht weiß. Den ganzen Weg auf dem Fluß entlang hat er mit dem Gebetskranz in der Hand im Gehen gebetet, damit die Götter die Karawane und seine Kinder beschützen. Lobsang ist Bauer. Er ist 35 Jahre alt.

Kathup lebte mit seiner Familie in Surle, im Hochtal von Luknak. Vor etwa zehn Jahren hat er ein Yak und einen Kupferkessel gegen ein kleines Grundstück in der Ebene, in 3 500 Metern Höhe, eingetauscht und lebt nun in der Nähe von Spadum, gegenüber dem Haus der (N. 5). Jeden Abend erzählt er uns in den Grotten eine Geschichte und summt vor dem Feuer ein Gebet, nachdem er seine Gerstenpfeife geraucht hat (N. 24). Kathup sagt, er sei 62 Jahre alt.

Phuntsok ist der Schwager Lobsangs. Er bewohnt Rantakchet, ein Dorf mit zwanzig Häusern gegenüber der Himalayakette. Phuntsok mag den zugefrorenen Fluß nicht, er fürchtet die Dämonen dort und ist immer bestrebt, vor Einbruch der Dunkelheit in der Grotte anzukommen. Auf dem Photo (N. 29) sieht man ihn hinter Ang Norboo, der ihn abgelöst hat, um im Sturm die Spur zu finden, oder (N. 48), wie er mit seinen dicken, im Basar von Leh gekauften Fäustlingen der indischen Armee das Eis prüft. Man sieht ihn auch barfuß auf dem Eis (N. 49) an einem Tag, an dem die Temperatur 32 Grad minus betrug. Phuntsok ist Bauer. Er besitzt fünfzehn Ziegen, ein Yak und zwei Pferde.

Löfel ist Lobsangs Neffe. Mit seinen 24 Jahren ist er der jüngste unter den Trägern. Dies ist sein erster Marsch über den Fluß und sein erster Besuch in Ladakh. Diese Reise hat ihm ermöglicht, stolzerfüllt ins Dorf zurückzukehren, und hat ihn reifer gemacht. Auf dem Fluß folgt er seinem Onkel wie ein Schatten (N.55. Wasserfall). Löfel hört nämlich schlecht und nimmt den Widerhall seines Stockes auf dem Eis nur undeutlich wahr. Löfel trägt ständig das kleine Radio um den Hals, das Tenzin gebraucht in Leh erstanden hat. Für ihn ist es eine Zauberkiste, die er sofort ans Ohr heftet, sobald wir haltmachen.

Tenzin aus Pishu: Tenzin, 26, hat aus Freundschaft darauf bestanden, uns auf dem Fluß zu begleiten. Vor einigen Jahren hatte ich seiner Familie ein wenig Geld vorgestreckt, um eine Pilgerreise zu beenden, und seither ist uns Tenzin dankbar. Er würde gerne heiraten, aber seine Familie besitzt nicht genügend Felder, um den Grundbesitz zu teilen. Man sieht ihn, wie ihm ein Span aus dem Finger entfernt wird, oder erschöpft am Tag des Sturms (N. 34 bis 37).

Tenzin Djamien wohnt mit seinem älteren Bruder zwei Wegstunden von Lobsang entfernt. Seit mehreren Jahren tauscht Lobsang mit ihnen Gerste gegen Butter: seine Felder tragen gut, aber er hat nicht genug Vieh. Die zwei Brüder haben eine gute Hochweide, aber schlechte Felder. Im Sommer hilft Lobsang ihnen, das Heu für ihren Futtervorrat zu ernten, und zum Dank sind sie mitgekommen und helfen ihm, seinen Sohn auf dem Fluß hinunterzubringen. Die zwei Brüder haben dieselbe Frau geheiratet: Ihr Grundbesitz reicht nicht aus, um zwei Familien zu gründen. Djamien trägt einen Ohrring: damit verhindert er, daß er als Esel wiedergeboren wird.

DANKSAGUNGEN

Viele Persönlichkeiten, Bekannte und Freunde haben uns bei diesem Abenteuer ihre Hilfe zuteil werden lassen. Wir möchten sie hier nennen, um sie mit diesem Lebensabschnitt zu verbinden und ihnen unsere Dankbarkeit und Achtung zu bezeugen.

Tenzin Gyatzo, 14. Dalai Lama, Friedensnobelpreis.

Tenzin. G. Tethong, Wangdi, Kelsang Gyaltsen und allen Mitgliedern der tibetischen Exilregierung.

Frau Jetsun Pema, Tsewang Yeshi, Frau Kesang Lhamo und dem gesamten Personal des tibetischen Kinderdorfes für die immense Arbeit, die sie leisten, um Kinder glücklich zu machen. (*)

Hélène Larose, französischer Konsul in New-Delhi, ihrem Gatten Bernard und Alexandre, die Motup ermöglicht haben, einige der traumhaftesten Stunden seiner Reise zu erleben.

Herrn Ashraf, dem Fremdenverkehrsdirektor in Srinagar für seine Begeisterung und seinen Respekt aller Kulturen.

Herrn G.M. Kakpori, dem regionalen Verantwortlichen für Fremdenverkehr in Kargil, einem hervorragenden Kenner der Bräuche der Darder und Zanskari, für seine geistige Aufgeschlossenheit und Weitherzigkeit.

Phuntsok Dawa für die Achtung, die wir der Familie und dem Andenken des Großvaters Tashi Namgyal Gyalpo, König von Zanskar, schulden.

Sonam Wantchuk, dem Astrologen und Gelehrten, sowie Tondup Namgyal, seinem Sohn, dem Verantwortlichen für Fremdenverkehr in Spadum, für die lange Freundschaft, die uns verbindet.

(*) Teilen Sie das Glück, eine Patenschaft für ein Kind zu übernehmen:

Frau Kesang Lhamo – Tibetan Children Village – Dharamsala Cantt – 176216 Distt Kangra-H. P.-Indien
(25 Dollar pro Monat für ein Kind, mit dem Sie in Kontakt bleiben).

Nyima Norboo, Rigzin und ihren Familien im Palast von Zongla.

Hervé de La Martinière, dem Direktor des Verlags Nathan, für seine Anteilnahme von Paris aus an unserem Abenteuer mit den zwei Kindern.

Kodak S.A. Lausanne, und besonders Herrn Jost und Herrn Gaillard für das Vertrauen, das sie uns entgegengebracht haben.

Nikon in Küsnacht, und insbesondere Herrn Kempf, Herrn Rosenfelder und Frau Frauenberger-Aebi für die Unterstützung unseres Vorhabens.

Benoît Nacci für die Lust und Liebe, mit der er das Layout und die Konzeption dieses Buches entworfen hat, für seine Ratschläge und seine Freundschaft sowie die seiner Gattin Michèle.

Wir hätten dieses zutiefst menschliche Abenteuer nie unternommen, wären da nicht unsere Freunde gewesen, um uns den Wert der Freundschaft zu lehren. Unsere Dankbarkeit gilt also auch ihnen allen, die rund um den Erdball verstreut sind. Unsere Dankbarkeit erstreckt sich auch auf alle diejenigen, die uns in einer Erdküche oder in einer Höhle eine warme Suppe oder ein Lächeln geschenkt haben. Wir möchten schließlich auch, daß diese wenigen Zeilen, einem Gebet gleich, nach Tahan aufschweben, wo Lobsang und Dolma leben. Für das Vertrauen, das sie uns entgegenbringen, für die Schönheit ihrer Liebe falten wir aus tiefstem Herzen unsere Hände.

Motup und Diskit, ihr wißt, wie sehr der Fluß uns vereint hat wie ein Weg der Initiation. Seither sind unsere Schicksale verwoben, und ihr habt einen Türkis an den Peyrac unseres Lebens angefügt. Mögen die Götter mit euch sein auf euren Schulbänken...

Wir bleiben an eurer Seite.

Olivier & Danielle

TECHNISCHE ANGABEN ZU DEN PHOTOS

Um diese Aufnahmen zu machen, mußte ich in zwei aufeinander-
folgenden Wintern fünfmal auf dem Fluß wandern, insgesamt nahezu
drei Monate im Cañon verbringen und über tausend Kilometer
tastend auf dem Eis zurücklegen, um die Lichtverhältnisse und
andere günstige Umstände möglichst zu nutzen. Der Fluß hatte nie
das gleiche Aussehen. Er kann sich von einem Tag auf den andern
verändern, und die Schwierigkeit einer solchen Reise liegt vor allem
in der nervlichen Anspannung auf dem Eis. Beim ersten Aufstieg
wäre beinahe die ganze Karawane umgekommen, als ein Eisstreifen
unter unserem Gewicht nachgegeben hat. Ich bin zweimal ins Wasser gestürzt, zwischen die Eisbrocken geraten, habe mich an den
Achseln festgeklammert und bin mit knapper Not dem Ertrinken
entkommen. Dann mußte ich laufen, um die Karawane wieder
einzuholen und nicht auf der Stelle zu erfrieren. Beim Aufstieg nach
Zanskar sind wir in einen Sturm geraten und mußten vierzehn
Stunden durchmarschieren, um nicht von Lawinen blockiert oder
verschüttet zu werden. Die trockene Kälte ist erträglich, aber das
ständige Leben im Freien nimmt einen sehr mit. Wangen und Hände
sind ständig steif, und manche eiskalte Morgendämmerungen sind
besonders schwer zu ertragen. Danielle ist eines Morgens, als der
Wind pfiff, auf dem Fluß vor Kälte in Ohnmacht gefallen. Motup
hat sich nie beklagt. Wenn es im Wasser zu gehen galt, zog er wie
die andern seine Schuhe aus und überquerte barfuß. Nur an einem
Tag, als die Temperatur auf minus siebenunddreißig Grad gesunken
war und wir im Wasser gehen mußten, nahm ich in Lobsang, sein
Vater, auf den Rücken. Diskit fürchtete die Kälte nicht, hatte jedoch
Angst vor dem Fluß. Mit acht Jahren hat sie 150 Kilometer zurück-
gelegt, Felswände erklettert und 12 Tage lang das Eis abgetastet.
Danielle und ich empfanden ständig Bewunderung angesichts des
Muts und der Willenskraft der zwei Kinder.

Wie dies in Zanskar üblich ist, brachen wir am Morgen auf, ohne
zu essen: Man würde zu viele Kalorien verlieren, wenn man beim
Warten auf eine Schale Tee gegen die Kälte ankämpfen müßte. Wir
frühstückten mit den ersten Sonnenstrahlen, nach drei oder vier
Stunden Marsch.

Bei minus dreißig Grad schränkt die Kälte die Sensibilität der Hände
ein. Bei allen fünf Wanderungen konnte ich meine Finger nie voll
bewegen. Die Batterien bewahrte ich ständig in einem speziellen
Futteral unter meinen Kleidern auf und schloß sie mit einem Kabel
an den Apparat an, damit sie funktionierten. Meine Photoaus-
rüstung bestand aus 3 Nikon F3 für die Außenaufnahmen und einer

Nikon F 801 für die Innenaufnahmen sowie aus sieben Objektiven,
ebenfalls von Nikon. Sie war in einen isothermen Behälter einge-
schlossen, und wurde nie im Freien ausgepackt. Ein Temperaturunterschied von dreißig Grad zwischen dem Freien und den Innen-
räumen der Häuser bewirkt eine zu starke Kondensation für die
Apparate. Ich ließ also die übrige Ausrüstung ständig draußen, um
zu starke Temperaturschwankungen zu vermeiden. Auf dem Fluß
arbeitete ich mit zwei Apparaten, um das Auswechseln der Objektive
zu vermeiden, da jeder Handgriff durch die Kälte schwieriger und
heikler wird. Von den drei F3 sind zwei ins Wasser gefallen. Einer
ist mitsamt zwei Objektiven in den Fluten untergetaucht, den anderen konnte ich jedoch in letzter Not retten. Nachdem ich ihn stundenlang in einem Schlafsack trocknen lassen hatte, funktionierte er
wieder vollständig.

Verwendet wurden ausschließlich professionelle Kodachrome-Filme
64 und 200. Der 200 ISO hat mir bei schwierigen Lichtverhältnis-
sen, im Morgengrauen oder in den Höhlen, große Dienste geleistet.
Da ich fünf Monate lang in Zanskar eingeschneit war, habe ich
keinen einzigen meiner Filme vor meiner Rückkehr bei der zweiten
Reise entwickeln lassen können. Trotzdem haben die Farben keinerlei Schaden genommen. Eine der Schwierigkeiten bestand darin,
den Film beim Einlegen nicht zu zerbrechen. Aber ihre Wider-
standsfähigkeit gegen die Kälte hat mich immer erstaunt: Nie ist
ein Film gerissen, trotz einer mitunter sehr groben Handhabung
an den eiskalten Morgen oder an den Sturmtagen. Filter wurde keiner
verwendet, bis auf den ständig eingesetzten Ultraviolettfilter.

Diese Aufnahmen wurden mit den folgenden Objektiven und Fil-
men gemacht:

20 mm/2,8. Photo N.: 43. Film 200 ISO
35 mm/1,4. N. 9, 10, 52. Film 64 ISO
55 mm/3,5. N. 25, 38. Film 64 ISO
85 mm/1,4. N. 29, 30, 55. Film 64 ISO
85 mm/1,4. N. 42. Film 200 ISO
135 mm/2. N. 2, 11, 13, 17. Film 64 ISO
135 mm/2. N. 49. Film 200 ISO
180 mm/2,8. N. 27. Film 64 ISO
Zoom A.F. 35-70 mm/2,8. N. 1-4. Film 64 ISO
Zoom A.F. 35-70 mm/2,8. N. 6. Film 200 ISO

Die von World Press Photo 1990 preisgekrönten Photos dieses Buches sind in 18 Ländern erschienen.

Layout: Benoît Nacci
Mitarbeiterin: Isabelle Chemin

Aus dem Französischen von Dieter Hornig
Unter Mitarbeit von Philippe Brunet

Herstellung: Druckerei Motta, Mailand